GERONIMO
STILTON

Texte de Geronimo Stilton.
*Basé sur une idée originale d'*Elisabetta Dami.
*Coordination des textes d'*Isabella Salmoirago.
Coordination éditoriale de Patrizia Puricelli.
Édition de Viviana Donella.
Direction artistique de Iacopo Bruno.
*Couverture d'*Andrea Da Rold *(dessins) et* Christian Aliprandi *(couleurs).*
Conception graphique de Laura Dal Maso / *the*World*of*DOT.
Illustrations des pages de début et de fin de Roberto Ronchi *(dessins),*
Ennio Bufi MAD5 *(dessin page 123),* Studio Parlapà *et* Andrea Cavallini *(couleurs).*
*Cartes d'*Andrea Da Rold *(dessins) et* Andrea Cavallini *(couleurs).*
*Illustrations intérieures d'*Alessandro Muscillo *(dessins)*
et Christian Aliprandi *(couleurs).*
Coordination artistique de Roberta Bianchi.
Assistance artistique de Lara Martinelli.
Graphisme de Yuko Egusa *et* Chiara Cebraro.
Traduction de Marianne Faurobert.

www.geronimostilton.com

www.albin-michel.fr
Loi 49-956 du 16 juillet 1949 sur les publications destinées à la jeunesse
Dépôt légal : premier semestre 2017
Numéro d'édition : 22496
ISBN : 978-2-226-46554-2
Imprimé en France par Pollina s.a. en août 2021 - 98898

Geronimo Stilton

MYSTÈRE À L'ANGLAISE

ALBIN MICHEL JEUNESSE

PLUS BIZARRE QU'UN GRUYÈRE SANS TROUS...

Mon nom est Stilton, *Geronimo Stilton*, et je dirige *l'Écho du rongeur*, le journal le plus célèbre de l'île des Souris.

Ce matin-là, je regardais d'un œil distrait le **JOURNAL TÉLÉVISÉ**, quand le présentateur se mit à crier :

– Mystère à Londres ! À Trafalgar Square...

Je fis un bond sur mon canapé, en m'exclamant :

– *Par mille mimolettes !* Un mystère ? À LONDRES ? Intéressant…

J'ajustai mes lunettes sur mon museau, et j'écoutai avec plus d'attention l'animateur qui poursuivait :

– … sur la célèbre place de Londres, l'un des QUATRE LIONS de bronze qui encadrent la base de la colonne de Nelson s'est mystérieusement mis à PARLER, effrayant les promeneurs. Dès que quelqu'un passe devant lui, le lion rugit : BOUGE DE LÀ, NIGAUD ! Les policiers de Scotland Yard ne s'expliquent pas ce mystère…

J'éteignis mon téléviseur en me grattant le crâne, perplexe.

– HEM… Une statue qui crie « Bouge de là, nigaud » ? Il y a quelque chose de bizarre là-dessous, et même de très trèes trèèès bizarre ! On n'a jamais vu une statue de BRONZE qui parle, encore moins une qui crie.

Je me lissai les moustaches, pensif. Quelque chose

me TROTTAIT dans la tête… Cela avait un rapport avec Londres, mais… lequel ?

Soudain, je me frappai le front de la PATTE.

– Mais oui, je me souviens, maintenant !

Un ou deux jours plus tôt, j'avais lu une annonce intéressante à propos de Londres et de Trafalgar Square, et j'avais découpé la page du JOURNAL.

Je l'avais rangée quelque part… mais où ?

Ah oui ! Je m'en étais servi pour caler mon bureau BANCAL !

– **Trouvée !** m'exclamai-je, triomphant, en retirant la page pliée de sous mon bureau.
Je la DÉFROISSAI avec soin, et je relus le petit entrefilet qui disait : « Le professeur Reginald

Ratting, grand **EXPERT** d'art, inaugurera samedi matin à 11 heures, à Trafalgar Square, dans les locaux de la National Gallery, un des plus prestigieux musées de Londres, l'exposition intitulée : *Souris et fromages dans l'art*, en présence de Sa Majesté la reine d'Angleterre. »

Aussitôt, je fis le lien entre ces deux nouvelles...

Hem... hem hem... hem hem hemmm...

Hem... hem hem... hem hem hemmm...

Hem... hem hem... hem hem hemmm...

Oh là là, quelle honte…

Eh oui, il y avait bien un lien entre ces deux nouvelles. Car l'entrée de la National Gallery se trouve *justement* à Trafalgar Square, *justement* sur la place où ce lion de bronze avait décidé d'EFFRAYER les passants !

Et si ce félin se mettait à rugir « Bouge de là, nigaud ! » *juste* au moment du vernissage ? Scouiiiit, oh là là, se faire insulter par le lion en présence de la reine… quelle HONTE ce serait pour ce pauvre professeur Ratting !

J'étais désolé pour lui : il avait été mon professeur d'HISTOIRE DE L'ART à l'université et je l'estimais beaucoup…

Je commençai à cogiter en marchant de LONG en LARGE dans ma cuisine, mais plus je réfléchissais et moins j'y comprenais quelque chose.
Il y avait vraiment un mystère là-dessous…
Cette histoire de lion parlant sentait plus mauvais qu'un vieux morceau de gorgonzola trop fait !

PROF. RATTING

Le professeur Reginald Ratting a occupé durant des années la chaire d'histoire de l'art antique à l'université de Sourisia. C'est là qu'il a rencontré Geronimo, l'un de ses meilleurs élèves, et c'est lui qui lui a remis son diplôme en Rongéologie de la littérature sourisienne !

Mais pour être honnête, je cessai assez vite d'y penser, car j'avais bien autre chose en tête : après des mois de labeur à la rédaction, j'allais maintenant pouvoir m'offrir des VACANCES…
C'était la raison pour laquelle j'étais à la maison et pas à la rédaction de *l'Écho du rongeur* !
Je m'installai à mon bureau et je commençai à surfer sur INTERNET, à la recherche d'une destination intéressante pour mes VACANCES.
Hem, et si j'allais à Vienne, écouter un concert de musique classique… ou à Paris, VISITER la tour Eiffel… ou bien à Athènes, photographier le Parthénon sur l'Acropole… ou pourquoi pas à Rome, voir le célèbre Colisée ?
J'avais très envie de VACANCES culturelles, pour apprendre des choses INTÉRESSANTES, nouvelles et enrichissantes. Je surfai pendant des heures, si bien qu'à force d'imaginer ces VACANCES j'avais la cervelle en ébullition !

Songeant qu'un petit bout de succulent fromage affiné m'éclaircirait peut-être les **IDÉES**, je me dirigeai vers le buffet…

Je venais d'en ouvrir la porte vitrée, et je tendais la patte vers un **MORCEAU** de fromage, quand *quelque chose* sortit de la cheminée et VOLTIGEA autour de ma tête… Un instant après, la *chose* se posa juste sur mon museau !

Je fermai les yeux et je levai les pattes en l'air en couinant :

– Je me rends, vous pouvez prendre tout mon fromage !

Mais RIEN ne se passa.

Je me décidai alors à ouvrir un œil, prudemment. La *chose* restait immobile sur mon museau.

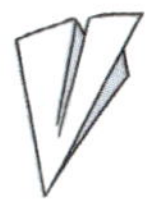

J'ouvris donc les deux yeux pour y voir mieux : ce n'était qu'un petit AVION en papier !

Les pattes **FLAGEOLANTES** comme un flan à la

vanille, je le saisis et je l'examinai. Sur l'une des ailes de ce petit avion était ÉCRIT :

Un message SUPER SECRET ?
Par mille mimolettes, le seul à m'envoyer des messages super secrets était mon ami agent secret Zéro Zéro K !
Il voulait certainement m'embarquer dans une nouvelle et périlleuse MISSION…
Je commençai par me dire qu'il fallait que j'explique à Zéro Zéro K que je ne pouvais pas accepter de mission, car j'allais partir en VACANCES !
Puis je me rappelai que Zéro Zéro K était un ami d'enfance, et que nous étions ensemble à l'école primaire ! Je me souvins de toutes les fois où il avait pris ma défense, quand d'autres élèves venaient m'embêter…
Je ne pouvais pas refuser, c'était tout de même grâce à lui que j'étais devenu l'agent secret Zéro Zéro G (*mais c'est un secret !*).
Je décidai donc d'accepter la mission et, les moustaches frémissantes d'angoisse (il s'agit toujours de missions impossibles et dangereuses), je dépliai

CARTE CONFIDENTIELLE D'AGENT SECRET

NOM :
GERONIMO STILTON
NOM DE CODE :
ZÉRO ZÉRO G

SIGNES PARTICULIERS :
avec son air nigaud, on dirait un gros trouillard toujours au bord de l'évanouissement (*mais est-ce que c'est vrai ou pas ? Bah...*).

CARTE CONFIDENTIELLE D'AGENT SECRET

NOM :
Kornelius Van Der Kankoïe
NOM DE CODE :
ZÉRO ZÉRO K

SIGNES PARTICULIERS :
ne se sépare jamais de ses lunettes de soleil et trouve toujours une solution à tout !

PREMIÈRE MISSION ACCOMPLIE PAR ZÉRO ZÉRO G :

empêcher le vol de la Super Ratocoupe aux championnats de golf de l'île des Souris*

AUTRES MISSIONS ACCOMPLIES

(à grand peine !) :
devenir cosmonaute pour démasquer le perfide professeur Mou et sa fille Mouette*

TOP SECRET

PREMIÈRE MISSION ACCOMPLIE PAR ZÉRO ZÉRO K :

TOP SECRET

AUTRES MISSIONS ACCOMPLIES

(avec aisance !) :

TOP SECRET

TOP SEC

* Tu peux lire le récit de ces aventures dans *Qui a volé le diamant géant ?* et *S.O.S. souris en orbite !*.

lentement le petit avion pour lire son message.
LE VOICI…

Hemmm… mais… qu'est-ce que c'était que cette histoire de smoking ?

QU'ON ME RENDE MON BOUT DE FROMAGE !

Je lus et je relus pour être sûr de ne pas me tromper : pas d'erreur.

Sur la feuille était bien écrit : « file tout de suite au pressing chercher mon smoking ».

J'y allai donc, que pouvais-je faire d'autre ? Pendant ce temps-là, je cogitais... Cette mission n'était peut-être pas trop DANGEREUSE-EUSE-EUSE. Elle ne l'était peut-être qu'un tout petit peu...

Ah là là... QUELLE FROUSSE !

Une fois rentré à la maison, je vis qu'un papier dépassait de la poche du smoking. C'était un autre BILLET !

Et voici le message que j'y lus...

Par mille mimolettes fondues, voilà en quoi consistait ma MISSION ! Mais ce n'était pas tout… En retournant le billet, je trouvai un autre message !

Après avoir lu cela, je filai faire mes VALISES pour partir en VACANCES fictives (*hélas !*)

à Londres (*pur prétexte servant de couverture à ma mission secrète*)…

Mais avant mon départ, je voulais absolument mener à bien un petit projet du genre **gourmand**, appétissant et parfumé : le grignotage d'un morceau de fromage affiné !

Miam !

L'eau à la bouche, je m'approchai du buffet… j'en ouvris la porte… et les yeux me sortirent de la tête ! Mon joli bout de fromage affiné n'était plus là ! Il avait DISPARU !

SCOUIIIIIIIIIIT !

Je m'égosillai :

– Qui a fait ça ? Qu'on me rende mon bout de **FROMAGE** affiné !

Et juste à ce moment-là, à ce moment précis, mon cousin Traquenard surgit de derrière le rideau du salon et sautilla vers moi en rigolant :

– Alors, Geronimo, elle t'a plu, ma blagounette ?
Hérissé, je couinai :
– Non, elle ne m'a pas plu du tout ! Où est mon morceau de fromage ? J'AI FAIM !
Il haussa les épaules en râlant :
– Pfff, ce que tu peux être ballot, Geronimollo ! Il est toujours là, ton fromage ! Ce n'est qu'un TRUC ! Tu veux savoir comment j'ai fait ? Facile ! J'ai planqué dans le buffet un système de MIROIRS et un plateau tournant activés par télécommande. Regarde ! En pressant ce bouton, les miroirs reflètent la cloche sous laquelle est posé ton morceau de fromage. J'appuie encore une fois sur ce BOUTON, les miroirs pivotent et reflètent le fond du buffet. Tu vois ? J'ai conçu ce système dans mon CARNET DE L'ILLUSIONNISTE : c'est clair, non ?

Je jetai un coup d'œil à son carnet, mais je n'y compris croûte ! Et je finis par protester :

– Mais moi, je veux juste le **manger**, ce morceau de fromage affiné…

Traquenard commença à se vanter :

– T'en dis quoi, cousinouille ? C'est pas moi le *meilleur* illusionniste de Sourisia ?! Je mérite un prix !

Et avant que je puisse l'en empêcher, Traquenard ouvrit **MON** buffet puis se mit à ronger **MON** succulent morceau de fromage affiné, béatement vautré dans **MON** fauteuil préféré !

J'étais **exaspéré**.

– Je savais bien que ça se terminerait comme ça, c'est toujours pareil avec toi ! Ça suffit, maintenant, je dois préparer mon départ en miss… euh, je voulais dire en **VACANCES**…

Les moustaches vibrantes de **CURIOSITÉ**, Traquenard me demanda :

CARNET DE L'ILLUSIONNISTE

par Traquenard Stilton

– Ah oui ? Moi aussi, je pars, quelle coïncidence… Et où tu vas, cousin ?

Évidemment, ne pouvant pas dire à Traquenard que je partais en mission secrète (*sans quoi, où serait le secret ?*), je lui racontai une demi-vérité :

– Euh… J'ai envie de **VACANCES** culturelles dans une ville d'Europe… Je crois bien que j'irai à Londres, au vernissage de l'exposition « Souris et fromages dans l'art » à la National Gallery.

L'ILLUSIONNISME

L'illusionnisme est un genre de divertissement, un spectacle où l'illusionniste, qu'on appelle aussi magicien ou prestidigitateur, crée des effets qui SEMBLENT magiques en utilisant des trucs qui peuvent être mécaniques, chimiques, hydrauliques, optiques ou psychologiques.

Bien souvent, le truc repose sur l'habilité et la rapidité des mains du prestidigitateur.

Traquenard haussa les épaules.
– Pfff, cousin, quel **BARBANT** prétentieux tu fais !
Puis il me flanqua une pichenette sur l'oreille.
– Scouit, si tu veux le savoir, moi aussi, je vais à Londres ! Mais mon programme est bien plus **RIGOLO**... Je vais participer au plus grand concours d'illusionnisme du monde, et je le gagnerai !

MICROMINIVALISE… ET MÉGAMAXIVALISE !

Avant que je puisse réagir, Traquenard se rua sur mon bureau et, **VIF** comme l'éclair, tapa quelque chose sur mon ordinateur…

Puis il s'écria, triomphant :

– Et voilà, c'est fait ! Je viens de réserver nos billets en première classe grand luxe (puisque c'est toi qui offres), un hôtel cinq étoiles grand luxe (puisque c'est toi qui offres) et des restos gastronomiques grand luxe (puisque c'est toi qui offres). Content, cousin, de voyager avec moi ?

Je faillis protester, car en compagnie de Traquenard il m'en arrive de toutes les couleurs… En plus, c'est toujours moi qui règle les additions (*et elles sont bien plus salées qu'un fromage affiné*) !

Puis, en y pensant, je me dis qu'avec lui je passerais plus inaperçu : le GRAND CONCOURS D'ILLUSIONNISME serait la couverture idéale pour ma mission secrète !

Je m'exclamai donc :

– D'accord, cousin, nous voyagerons **ENSEMBLE** ! Et je t'accompagnerai même à ce grand concours d'illusionnisme !

Il me colla une chiquenaude sur la queue.
– Allez, Gero, fais ta valise, mais emporte le minimum, pigé ? Fais-toi une MICROMINIVALISE !
Sans comprendre pourquoi, je me préparai une minuscule valisette avec le strict minimum. Puis nous appelâmes un TAXI, et nous passâmes chez Traquenard pour y prendre ses bagages.
C'est alors que je saisis pourquoi il avait tant insisté pour que je voyage LÉGER : il avait rempli une

MÉGAMAXIVALISE,

haute comme une armoire et lourde comme un éléphanteau trop gourmand ! Quand nous arrivâmes à l'aéroport, Traquenard m'obligea à porter la microminivalise et la mégamaxivalise, en déclarant :
– Cousin, tu sais que j'ai les papattes DÉLICATES parce que je suis un IMMEEENSE illusionniste, tu ne voudrais tout de même pas que je me les esquinte, hein ?
Je regrettais déjà d'être parti en sa compagnie,

mais désormais je ne pouvais plus rien y faire… J'empoignai donc les deux valises et je les traînai en pestant (*par mille mimolettes, ce que c'était lourd !*) jusqu'au contrôle des bagages.
Sous les yeux éberlués des douaniers, Traquenard sortit toute sa collection d'ACCESSOIRES d'illusionniste : miroirs, chapeaux hauts de forme à double fond, fausses colombes et faux lapins, FOULARDS de toutes les couleurs, bouquets de fleurs artificielles apparaissant et disparaissant à la demande, jeux de cartes et autres objets

Et hop !
Mais qu'est-ce...
Quel spectacle...
Super !

curieux dont il ne voulut rien dire car c'étaient des SECRÈTS D'ARTISTES. Finalement, vingt minutes plus tard, nous embarquâmes à destination de **LONDRES**.

Un long, très long voyage nous attendait, et j'espérais pouvoir me détendre et réfléchir à ma mission secrète…

Hélas, l'avion avait à peine décollé que Traquenard m'annonça :

– Tu vas voir, cousin ! Je vais te donner un avant-goût de mon **IMMEEENSE** talent d'illusionniste !

Il bondit sur ses pattes et, debout dans le couloir de l'avion, déclama :

– Chères rongeuses, chers rongeurs, moi, TRAQUENARD, je vais participer au plus grand concours d'illusionnisme du monde (*et je le remporterai !*). Et maintenant, je vais vous offrir un spectacle de prestigidi… pretsidigi… prestidagi… prestidgiditi… presti…

Je lui soufflai à voix basse :

– Prestidigitation !

Il grogna :

– Oui oui, c'est ça, ce truc-là… Bref, je m'en vais vous faire un show de grand PRESTIGE !

Puis il me désigna.

– Quant à celui-là, c'est mon cousin Geronimo, c'est un NIGAUD de première, mais il me servira d'assistant.

Tous les passagers murmurèrent :

– Mais ne serait-ce pas Stilton, *Geronimo Stilton* ? Oui oui, c'est bien lui ! Il va servir d'assistant au magicien, qui est son cousin ! C'est vrai qu'il a l'air un peu nigaud…

D'embarras, je devins **cramoisi** !

Traquenard demanda des pièces de monnaie au public, les jeta dans son chapeau haut de forme et les fit DISPARAÎTRE. L'assistance applaudit, amusée.

Tout allait bien jusque-là. Malheureusement, mon cousin ne parvint pas à faire réapparaître les pièces… Le public cessa alors d'applaudir et commença à râler !
Mais Traquenard s'écria :
– N'ayez pas PEUR ! Ça fait partie du spectacle ! Mon assistant va se charger de retrouver vos pièces ! Pas vrai, Geronimo ? Allez, allez, dépêche-toi, ne me fais pas HONTE devant notre public !
C'est ainsi que je me couvris de ridicule : je cherchai, encore et encore, mais ces PIÈCES s'étaient volatilisées !

COMMENT JE ME SUIS COUVERT DE RIDICULE !

Pour finir, alors que les passagers, de plus en plus furieux, perdaient patience, Traquenard s'exclama :
– Et hop ! revoilà vos PIÈCES !
Il fit alors réapparaître les pièces dans le seul endroit où je n'avais pas CHERCHÉ : dans ma propre poche !
Tous les voyageurs APPLAUDIRENT en commentant :
– Quel magicien formidable, mais son assistant, Geronimo Stilton, quel NIGAUD !

J'AI UNE DE CES FRINGALES… À MANGER BIG BEN* !

L'avion finit par atterrir et nous grimpâmes dans un taxi à destination de Londres. Nous arrivâmes en ville tôt le **matin**, juste à temps pour le petit déjeuner, qu'au Royaume-Uni on appelle *breakfast.* Traquenard grommela :

– J'ai une de ces **FRINGALES** ! Une faim… à manger Big Ben ! Un bon **PETIT DÉJEUNER**, ça te dit, Geromimi ?

Miam miam miam !

Soudain il s'écria :

– Hé, cousin, regarde ! Et un petit **tour** de bateau sur la Tamise, ça te plairait ? Avec un vrai *english breakfast* en prime ?

* Big Ben est le surnom de la cloche de la tour horloge du palais de Westminster, siège du Parlement britannique à Londres. Big Ben désigne plus largement la tour entière.

Je regardai le quai auquel étaient AMARRÉS plusieurs bateaux. À côté du plus grand et du plus élégant se dressait un panneau :

En bas du panneau, en caractères microscopiques, *quelque chose* était écrit, mais je n'eus pas le temps de le lire, car Traquenard m'*entraîna* immédiatement vers la passerelle tandis que je *traînais* à grand-peine ma microminivalise et sa mégamaxivalise.

Je dus admettre que la vue sur la ville était à couper le souffle, mais je ne pus pas la contempler

Le London Eye
(la grande roue panoramique)

LA TAMISE

La Tamise est le fleuve qui traverse Londres et la relie à la mer du Nord, où il se jette. C'est le plus long fleuve d'Angleterre. Au cours des siècles, il a permis à la ville de développer sa flotte et sa puissance commerciale. Ce n'est pas un hasard si l'histoire de Londres est riche de récits et de légendes sur de célèbres pirates et corsaires !

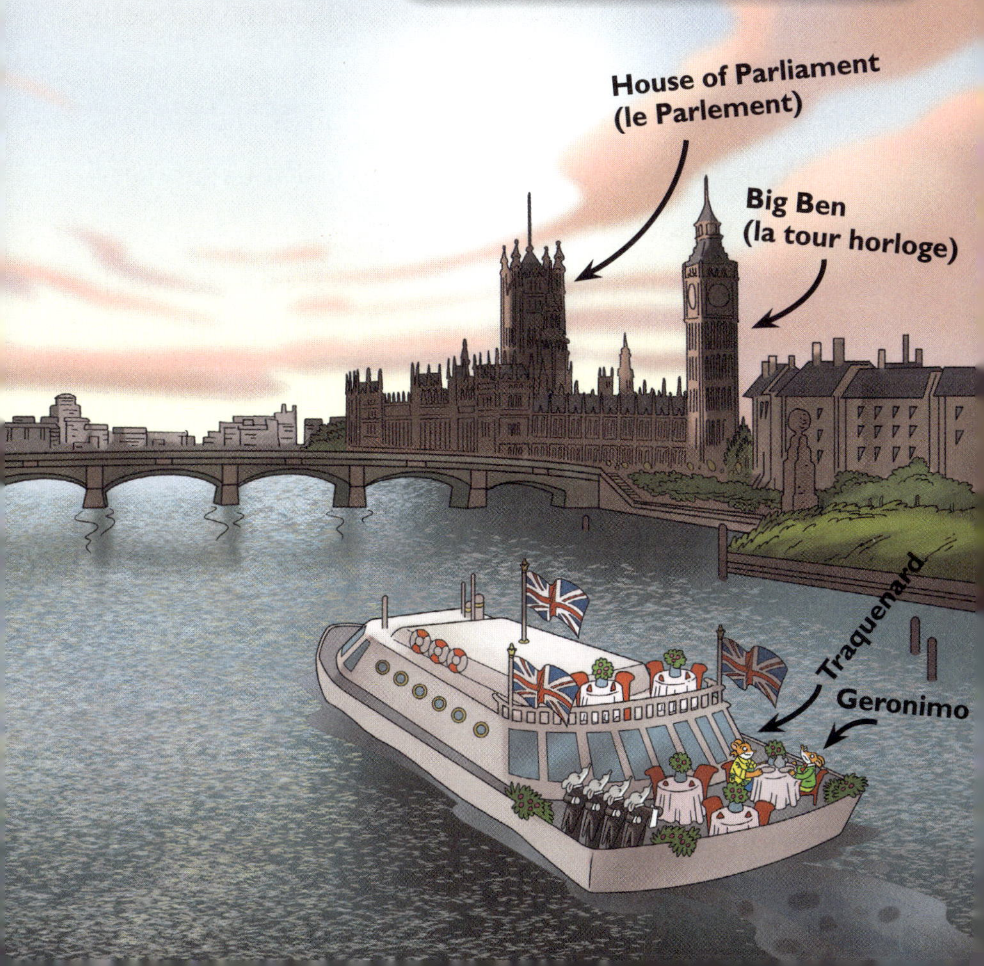

longtemps, car quatre rongeurs en frac noir se PRÉCIPITÈRENT pour nous accueillir, s'inclinant jusqu'à ce que leurs moustaches frôlent le parquet… L'espace d'un instant, il me sembla qu'ils se frottaient les pattes de SATISFACTION, mais j'écartai vite cette pensée…

– *Welcome, sir !* fit l'un d'eux, l'air SOLENNEL. Prenez place, messieurs. Le *breakfast* vous sera servi dans un instant.

Après une impeccable courbette, il s'éloigna. Je constatai avec stupeur que nous étions assis à une table faite de bois précieux, recouverte d'une nappe du lin le plus fin brodé à la main et décorée d'une composition d'orchidées RARISSIMES.

Tasses et soucoupes de porcelaine ancienne étaient ornées de délicats motifs floraux et bordées d'un filet doré. Les couverts étaient en argent massif, gravés du nom du bateau, « MOUSE QUEEN ».

Quelle classe ! QUEL LUXE !
Quelle élégance !

Les serveurs, *très aimables, très prévenants, très obséquieux*, nous servirent un excellent petit déjeuner, et nous présentèrent l'un après l'autre d'innombrables plateaux débordants de GOURMANDISES… Pendant ce temps-là, le bateau remontait lentement la Tamise et nous admirions le merveilleux panorama de la ville, baignée par la lumière matinale. Voici tout ce que nous mangeâmes : *bacon and eggs* (œufs au lard), saucisses, tomates et champignons poêlés, *baked beans* (haricots blancs à la sauce tomate), *butter and jam* (beurre et confiture) avec des *toasts*… Le tout accompagné d'un THÉ délicieux, au parfum de bergamote.

À la fin, je n'en pouvais vraiment plus, j'étais PLEIN comme un œuf !

– Miam-miam-miam ! j'adore Londres !

bramait Traquenard en se goinfrant.

Une fois repu, il se frotta la panse, ravi.

– Burp ! Aaah, ça va mieux !

Les serveurs nous regardèrent de travers,

mais ils ne dirent rien, se bornant à secouer la tête en signe de DÉSAPPROBATION et à hausser les sourcils.

J'aurais voulu disparaître, j'étais vert de HONTE !

Pour conclure, les serveurs apportèrent sur un plateau d'argent deux énormes PAS-TILLES digestives. Enfin, sur un autre plateau d'argent, ils apportèrent aussi l'addition,

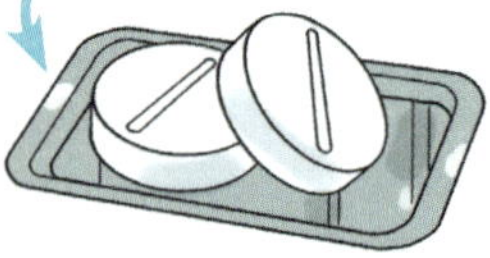

ainsi qu'un gros flacon de sels au fromage en cas d'évanouissement. Heureusement,

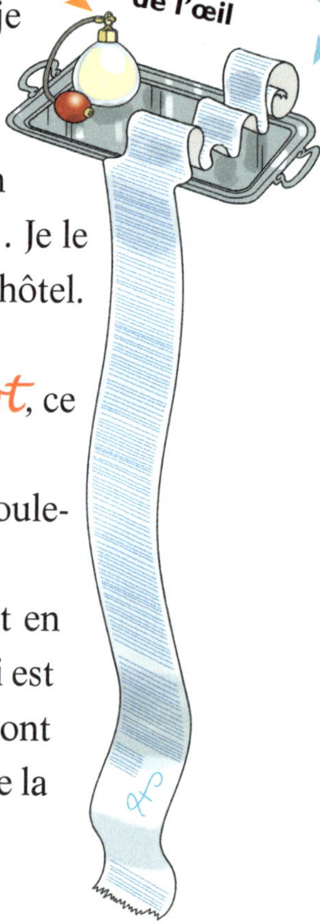

car en en lisant le montant je faillis tourner de l'œil ! Le chiffre était hallucinant ! Il me fallut un bon quart d'heure pour remplir mon chèque (*tant le chiffre était long !*)… Je le SIGNAI et le tendis au maître d'hôtel. Puis je grommelai :

– Dites donc, il est un peu chérot, ce petit tour sur la Tamise, hein ?

Le maître d'hôtel me répondit en soulevant un sourcil.

– Vous n'avez pas lu l'avertissement en petits caractères ? Il est écrit : « Ceci est le *Queen** *Tour* ! Si vos poches ne sont pas aussi pleines que le TRÉSOR de la reine, passez votre chemin ! »

* *Queen* signifie « reine » en anglais.

Raperlipopette, pourquoi n'avais-je pas pris le temps de bien lire ce panneau sur le quai !

ENGLISH BREAKFAST

Autrefois, les paysans avaient besoin d'une nourriture très riche pour affronter leurs pénibles travaux des champs. Ainsi est né le petit déjeuner anglais, traditionnellement composé de :

- **Œufs** (au plat, à la coque, frits ou brouillés) ;
- **Bacon** (du lard fumé coupé en tranches très fines) et **saucisses** ;
- **Tomates** (poêlées ou crues), **champignons** et **haricots blancs** à la sauce tomate ;
- **Toasts** (tranches de pain grillées), beurre et confiture (**jam**), parfois d'orange ou de pamplemousse (**marmelade**).

Sans oublier une **tasse de thé** et du **jus d'orange**.

TU PARLES DE VACANCES !!!

Entre-temps, le bateau était arrivé à bon port. J'avais toujours le TOURNIS en débarquant, à cause du choc de l'addition, mais je dus encore traîner ma microminivalise et la mégamaxivalise de mon cousin…

J'avançais en SOUFFLANT, cahin-caha, dans les rues de Londres, et je marmonnais entre mes dents :

– Pfff… et dire que c'est sensé être des VACANCES !

GRRR… TU PARLES DE VACANCES !

À cet instant *précis*, tandis que je clopinais en râlant, un pigeon atterrit sur ma tête et me donna des coups de bec. Je voulus l'éloigner en criant :

– KSSS KSSS ! VA-T'EN !

… mais il me gratifia d'un… euh… petit cadeau sur l'oreille ! BERK !

Et au moment même où je m'essuyais, dégoûté, en essayant de le faire fuir, je m'aperçus qu'il avait un BILLET accroché à la patte. Je le déroulai, intrigué… C'était un message SUPER SECRET !

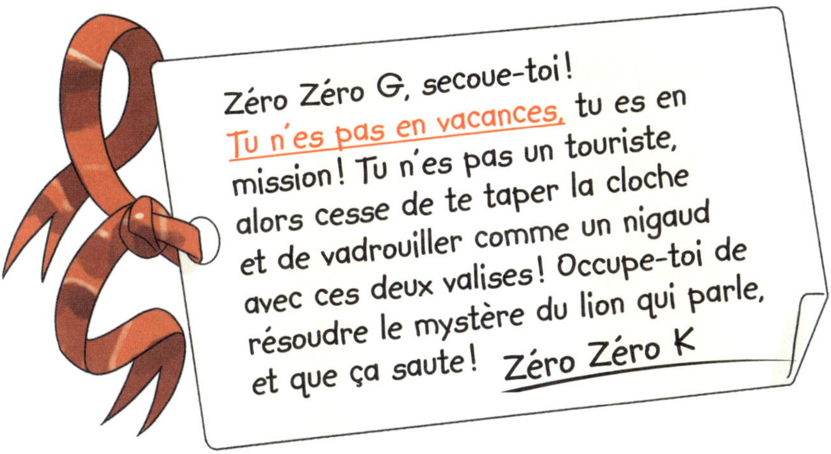

Zéro Zéro G, secoue-toi !
Tu n'es pas en vacances, tu es en
mission ! Tu n'es pas un touriste,
alors cesse de te taper la cloche
et de vadrouiller comme un nigaud
avec ces deux valises ! Occupe-toi de
résoudre le mystère du lion qui parle,
et que ça saute ! Zéro Zéro K

Saprisouristi, Zéro Zéro K avait raison ! Même si ce n'était pas ma faute mais celle de Traquenard, je n'avais pas encore commencé à m'occuper **SÉRIEUSEMENT** de ma mission !
Et le mystère du lion parlant était une priorité **AB-SO-LUE** !
Je rejoignis donc Traquenard qui marchait loin devant (*forcément, c'était moi qui portais sa valise !*), d'un pas alerte, **FRAIS ET DISPOS**, en sifflotant et en admirant les rues de la ville… et je lui proposai de foncer tout de suite à Trafalgar Square. Mais il s'écria :
– Tu n'y penses pas, cousin ! Dans quelques minutes, c'est la relève de la **GARDE** à Buckingham Palace ! Tu ne voudrais tout de même pas rater ça, si ? C'est un incontournable, quand on passe des **VACANCES** à Londres !
Sur ce, avant que je puisse réagir, il me força à grimper dans un *double-decker bus* (un autobus à impériale) qui venait de stopper à côté de nous.

Il voulut bien sûr monter sur l'impériale, et quelques minutes plus tard j'étais au plus mal ! L'action combinée du VERTIGE (l'impériale était très haute) et du mal des transports (l'autobus oscillait de droite à gauche, de gauche à droite, de droite à gauche…) me donnait la nausée.

BLEUARGH !

Toutes les bonnes choses ingurgitées ce matin-là se mélangeaient dans mon estomac (*au secours !*), puis, heureusement, l'AUTOBUS s'arrêta. Nous étions arrivés devant Buckingham Palace.

Nous prîmes place devant les grilles du palais, ENVIRONNÉS d'une foule de touristes. Le régiment de la GARDE ROYALE défila sur la place, accompagné d'une fanfare militaire. Tous étaient en

Buckingham Palace

Ce magnifique palais est… la maison de la reine. Il compte plus de 700 pièces, et quand le drapeau britannique flotte au vent, cela signifie que la reine n'est pas dans ses appartements. Tous les jours, on peut y assister à la relève de la garde, qui a lieu en fanfare !

grand uniforme, avec tuniques **ROUGES** et coiffes en fourrure d'ours **NOIRS**.

Quelle émotion!

Quand, soudain, un clarinettiste fit un pas un peu trop **COURT**, au moment même où le tromboniste derrière lui jouait une note un peu plus *grave*... en poussant sa coulisse ! Le coup fit voler en l'air

le couvre-chef du clarinettiste, et je le vis s'ÉLEVER au-dessus de moi !
Le garde resté tête nue fit semblant de rien et continua sa marche, impassible…
La coiffe retomba en tournoyant et… atterrit tout droit sur ma tête, en S'ENCASTRANT jusqu'à mon museau ! Je titubai, en essayant de l'enlever… Mais juste à ce moment-là un BOBBY* s'approcha.

* « Bobby » est le surnom donné aux agents de police anglais.

– Hé, vous ! Qu'est-ce que vous faites avec la coiffe d'un garde royal sur la tête ?

Traquenard se défila aussitôt :

– Je n'y suis pour RIEN, tout est la faute de mon cousin !

Je réussis enfin à retirer le chapeau et, en rougissant d'**embarras**, j'essayai d'expliquer que je n'avais rien fait de mal… que ce chapeau était arrivé en volant… et s'était planté sur ma tête malgré moi… mais, bien sûr, le policier ne me **CRUT** pas !
Il sortit son carnet de verbalisation et commença à noter, en grommelant, sévère :
– Récapitulons : une **AMENDE** pour port illégal de couvre-chef militaire ; une **AMENDE** pour avoir menti à un policier ; une **AMENDE** pour s'être moqué d'un policier (depuis quand les chapeaux volent-ils dans les airs, non mais ?!).

FACE DE REBLOCHON, ET PUIS NON, TIENS, FACE DE BRONZE !

Le bobby finit par ranger son carnet et me dit :

– Vous pouvez y aller, maintenant, mais que je ne vous reprenne plus à faire des BÊTISES !

Traquenard se mit au garde-à-vous pour le saluer :

– Certainement, *monsieur l'agent* ! Ne vous faites pas de souci, *monsieur l'agent* ! Je tiendrai mon cousin à l'œil, *monsieur l'agent* !

Cramoisi de honte, je demandai au *policeman* le chemin de Trafalgar Square.

Il me **FIXA** droit dans les yeux.

– Je vous l'indiquerai si vous me promettez de ne pas faire de bêtises là-bas.

Je lui en fis la promesse, et, grâce à ses indications, nous arrivâmes sur la place en un rien de temps.

TRAFALGAR SQUARE

Le nom de cette célèbre place du quartier de Westminster, à Londres, commémore la bataille de Trafalgar, qui opposa en 1805 les flottes franco-espagnoles à la flotte britannique. L'amiral Nelson, qui mena cette dernière à la victoire, est immortalisé par sa statue, au sommet de la colonne dressée au centre de la place.
C'est un lieu de rassemblement pour les partisans de la libre expression et les Londoniens s'y retrouvent pour fêter ensemble le Nouvel An.

Au centre de la place, flanquée de deux grandes fontaines, se dresse la haute colonne supportant la statue de l'amiral Nelson. À sa base sont couchés quatre énormes LIONS de bronze.

J'étais tout content de pouvoir enfin me lancer dans ma mission secrète : résoudre le mystère du lion qui parle !

Comme me l'avait suggéré Zéro Zéro K, je commençai mon enquête en faisant mine d'être un touriste en VACANCES. Je fis d'abord le tour de la colonne, en observant les lions l'un après l'autre. Lequel d'entre eux était le lion parlant ?

Soudain, l'un d'eux rugit :

– BOUGE DE LÀ, NIGAUD !

Traquenard, pas effrayé pour deux sous, lui répondit sur le même ton :

– Nigaud, moi ? Répète un peu ça et je fais DISPARAÎTRE ta queue, face de reblochon, et puis non, tiens, face de bronze ! Tu ne sais pas à qui tu causes, c'est moi, Traquenard, et je vais GAGNER le plus grand concours d'illusionnisme du monde, et…

Je m'efforçai de le faire taire, car je venais de m'apercevoir que le bobby de Buckingham Palace nous avait suivis et nous tenait à l'œil !

– Traquenard, je t'en supplie, cesse de faire du scandale ou ce policier va nous coller une **AMENDE** pour trouble à lions publics !

Traquenard répliqua :

– Lion ou pas lion, je ne laisserai personne me traiter de NIGAUD !
Puis, brusquement, il se calma et me dit :
– Toutes ces émotions m'ont donné FAIM, ça te dirait, un petit casse-croûte ?
Je déclinai l'invitation, car je n'avais pas DIGÉRÉ mon *english breakfast* et, surtout, parce que je devais me consacrer à ma mission secrète ! Je promis à mon cousin que je le rejoindrais le soir au *théâtre* avant le début du plus grand concours d'illusionnisme du monde. Dès qu'il se fut éloigné, je pris un air indifférent, je m'EMBUSQUAI derrière un journal et j'attendis que le lion se mette à parler de nouveau… J'attendis des heures durant, mais le lion n'ouvrit pas la gueule. Pendant ce temps-là, mille questions me TROTTAIENT dans la tête : pourquoi le lion de bronze s'était-il mis à parler ? Pourquoi se taisait-il à présent ?

POURQUOI ? POURQUOII ? POURQUOIII ?

Et, par-dessus tout, qui pouvait bien être derrière cet étrange mystère londonien ?

QUI ? QUII ? QUIIII ?

Soudain, alors que je ne savais plus quoi penser, quelqu'un **TOUSSOTA** derrière moi. Je me retournai et je vis une rongeuse à l'air distingué et un rongeur avec de grosses **MOUSTACHES** en guidon de vélo, qui me dit :

– *Mister* Stilton, vous souvenez-vous de moi ? Je suis le PROFESSEUR RATTING.

Je le saluai cordialement :

– Bien sûr, professeur Ratting, que je me souviens de vous !

Il poursuivit :

– *May I introduce you to my wife ?* Puis-je vous présenter mon épouse, Lady Ratting, première dame de compagnie de la reine ?

– Très heureuse… dit Lady Ratting, en me tendant une PATTE.

Je lui fis un impeccable baisepatte.

– *How do you do ?* Comment allez-vous ? Ravi de vous rencontrer.

Le professeur Ratting me chuchota :

– Mister Stilton, votre ami Zéro Zéro K nous a prévenus de votre arrivée à Londres… Nous serions honorés que vous acceptiez de venir prendre un thé chez nous : il s'agit d'une affaire très délicate et de la plus haute **IMPORTANCE** !

Je les accompagnai donc dans leur somptueuse demeure, où, à cinq heures, un rongeur en livrée nous servit le thé avec une collation.

Miammm !

Lorsque j'eus englouti mon dernier scone, le professeur me révéla le motif de cette invitation :

– Mister Stilton, nous savons que vous êtes un *écrivain* talentueux doublé d'un excellent AGENT SECRET. Alors je vais vous faire un aveu : je suis un ami de Zéro Zéro K, mais aussi… l'agent secret Zéro Zéro R ! Hélas, je n'ai pas su résoudre l'affaire du lion qui parle, et c'est vous que Zéro Zéro K a envoyé pour m'aider !

Je le rassurai :

– Bien sûr, c'est normal de s'aider entre agents secrets. Ne vous inquiétez pas, je vais tout faire pour élucider ce mystère !

Il me tendit une FEUILLE.

– Lisez, voici ce que ce MYSTÉRIEUX MALFAITEUR s'est mis dans la tête !

Par mille mystérieux mystères, cette lettre était une tentative de **CHANTAGE** !

Lady Ratting essuya une larme avec son mouchoir en dentelle.

– Oh, mister Stilton, je suis si INQUIÈTE…

Je la rassurai elle aussi :

– N’ayez crainte, nous sauverons les joyaux de la Couronne. Je me charge de **DÉMASQUER** ce bandit avant minuit (*même si je ne sais pas du tout comment je vais faire !*).

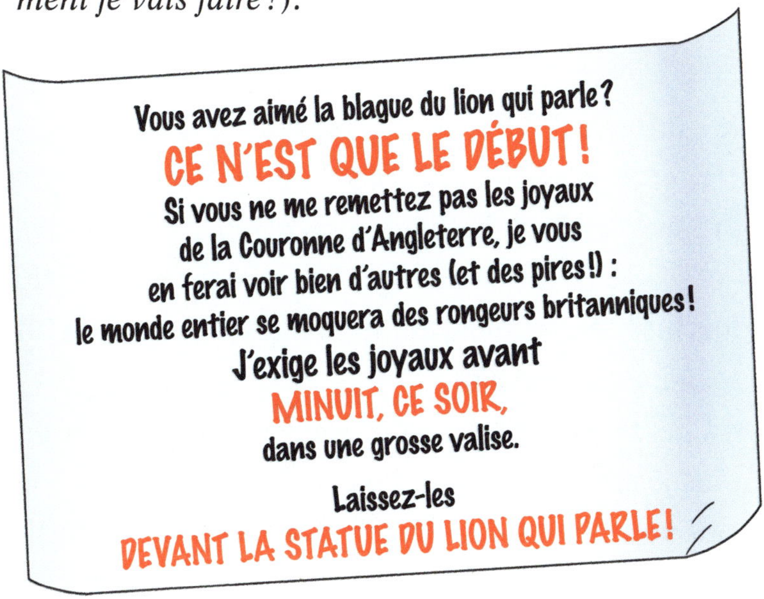

LE PLUS GRAND CONCOURS D'ILLUSIONNISME DU MONDE

Je quittai la maison du professeur en début de soirée, et je me **PRÉCIPITAI** au théâtre. J'aperçus Traquenard au loin, dans son costume de PRESTIDIGITATEUR, et je filai m'asseoir à côté de lui, juste au moment où le présentateur entrait en scène, en annonçant :

– Chères rongeuses, chers rongeurs, bienvenue au plus grand concours d'illusionnisme du monde ! Je vais vous lire le RÈGLEMENT auquel tous les participants devront se conformer, ensuite chacun présentera son numéro et… *que le meilleur gagne !*

Tandis que le présentateur lisait le règlement, Traquenard me flanqua un coup de coude et se mit à me **montrer** les illusionnistes présents.

RÈGLEMENT

Article premier

Tous les concurrents doivent présenter un numéro de grande qualité, pas de broutilles de dilettante, d'accord ? Nous n'accepterons que les prestations de haut niveau ! Sans quoi, disqualification !

Article 2

Le jury est composé de tous les autres concurrents présents dans la salle.

Article 3

Le gagnant sera celui dont personne ne saura expliquer le truc.

Est-ce que tout est bien claiiiiir ???

– Celui-là, habillé en vert avec des **MOUSTACHES** rousses, c'est Rattan MacSouris, l'Écossais ! Juste à côté, large comme un camion, avec des bretelles et un chapeau à *plume*, c'est Karl von Trukk, l'Allemand. Et l'autre avec ses grosses **MOUSTACHES** noires, c'est Raton Mustachon de la Ratonera, le plus célèbre illusionniste espagnol. Avec le chapeau haut de forme, très *élégant*, c'est monsieur Tégévé, le Français, le plus rapide de tous ! Quant à celui du dernier rang, avec sa cape couleur de croûte de reblochon, personne ne sait qui il est ni d'où il vient. Il se fait appeler MISTER MYSTÈRE...

Je n'écoutai que d'une oreille : je me demandais comment aider le professeur Ratting. Je lui avais fait une PROMESSE et j'avais l'intention de la tenir, mais je ne savais pas vraiment de quelle façon...

C'est alors que Karl von Trukk, le premier concurrent, monta sur la scène et, fourrant la patte dans un chapeau haut de forme, annonça :

– Je vais vous présenter Tom, mon LAPIN... Euh... Il devrait se trouver ici, dans ce chapeau...

Mais dans le chapeau il n'y avait rien, et il bredouilla :

– Euh... Tom est un petit **coquin** !

Il fouilla ses poches de pantalon.

– Tom, où es-tu ? Montre-toi !

À cet instant précis, je sentis quelque chose REMUER sous ma veste.
– Hiii... Hi hi ! Qui me fait des CHATOUILLES !
C'était Tom, le lapin ! Von Trukk s'exclama :
– Tom ! Tu me fais honte !
Toutes les têtes se tournèrent vers moi. Je m'aperçus qu'un petit morceau de carotte était tombé dans ma poche (peut-être quand j'avais grignoté des

EN-CAS chez le professeur Ratting ?), voilà ce qui devait l'avoir attiré !

Je soulevai un pan de ma veste et je vis surgir un lapin blanc, qui rejoignit von Trukk sur scène en bondissant.

Traquenard commenta :

– Un illusionniste à la NOIX DE COCO, même pas fichu de dresser son lapin !

Tous les concurrents crièrent en chœur :

– Von Trukk, DISQUALIFIÉ !

Rattan MacSouris entra en scène, et désigna un joli tableau représentant une prairie en FLEURS, posé sur un chevalet derrière lui.

– Vous voyez ce paysage fleuri ? Ne manque-t-il pas quelque chose dans le ciel ? Une colombe, par exemple ! Maintenant, regardez bien… Vous êtes prêts ? Un… deux…

Il toucha le tableau de sa BAGUETTE et une colombe en plein vol apparut dans le ciel au-dessus de la prairie. Alors Traquenard fit un bond jusqu'aux coulisses et débrancha une PRISE reliée au tableau par un fil électrique : le tableau s'éteignit aussitôt ! Mon cousin s'exclama, satisfait :

– J'ai découvert le truc ! Ceci n'est pas un tableau, c'est un écran de télé ultraplat !

Tous les spectateurs s'écrièrent :

– MacSouris, disqualifié !

Plusieurs autres magiciens concoururent après lui, et tous furent DISQUALIFIÉS !

Puis le présentateur annonça :

– Le concurrent suivant est Mister Mystère, et son gilet parlant !

Le rongeur vêtu d'une cape de velours couleur croûte de reblochon, qui recouvrait un élégant costume couleur MOZZARELLA et un gilet de soie couleur CRUYÈRE, sauta sur la scène. On entendit une voix mystérieuse résonner dans la salle :

– BONSOIR À TOUS...

Personne ne comprit d'où provenait cette voix.

Mister Mystère plissa les yeux.

– Vous voulez savoir qui vient de parler ? Voilà !

Il ouvrit grand sa cape : sur son gilet, une

grosse bouche de CLOWN articula d'une voix puissante :

– APPLAUDISSEZ ! Acclamez Mister Mystère, le plus grand illusionniste du monde !

Le public s'extasia :

– Ooooooohhh !

Mais comme les applaudissements crépitaient, Traquenard courut jusqu'au fond de la salle, où il trouva un projecteur allumé : la bouche du clown n'était pas réelle, c'était une image projetée ! Il plaça son museau devant et, l'instant d'après, nous le vîmes apparaître sur le gilet.

Alors mon cousin s'écria :

– Voilà le TRUC : cet appareil au fond de la salle projette l'image de la bouche sur le gilet… Maintenant, vous pouvez aussi voir l'OMBRE de mon museau !

Après quoi, il se rua sur la scène, arracha du gilet de

Mister Mystère un HAUT-PARLEUR miniature et l'exhiba, triomphant.

– Et voilà d'où provient cette mystérieuse voix ! Un enregistrement…

Les autres concurrents s'époumonèrent :

– Mister Mystère, **DISQUALIFIÉ** !

Sur ce, Traquenard revint s'asseoir à côté de moi, satisfait.

Ulcéré, Mister Mystère s'enveloppa dans sa cape couleur croûte de reblochon et descendit de la scène, en vitupérant :

– Ah, vous RIEZ ? Vous aurez bientôt de mes nouvelles !

Quant à moi, je **RÉFLÉCHISSAIS**, car le truc de Mister Mystère m'avait donné une idée : peut-être avais-je découvert le secret du lion parlant…

Je quittai la salle en catimini et je rejoignis la loge de Traquenard. Je vis qu'il avait mis de côté les accessoires qu'il utiliserait pour son numéro… Alors j'empruntai sa

MÉGAMAXIVALISE,

de toute façon, il n'en avait plus besoin. En apportant cette grosse valise devant le lion parlant, je ferais croire au MYSTÉRIEUX MALFAITEUR que nous lui remettions pour de vrai les joyaux de la Couronne… Comme je passais devant la loge des costumiers, je remarquai des faux bijoux, et je les empruntai également…

Puis je sortis en traînant la mégamaxivalise (*j'en avais pris l'habitude, depuis le temps !*).

BOUGE DE LÀ, NIGAUD !

J'arrivai à Trafalgar Square un peu avant minuit : il fallait que je me **dépêche** de résoudre cette affaire !

Je posai la mégamaxivalise devant le lion parlant et je me mis à **FURETER**. J'étais convaincu que ce lion parlant n'était qu'une **ILLUSION**, une image projetée comme celle du numéro de Mister Mystère…

Alors je cherchai, je **CHERCHAI** (*mais quoi ? Je ne le savais pas très bien moi-même…*), de plus en plus **ANXIEUX**, jusqu'à ce que je remarque sur le sol devant la statue une **PROTUBÉRANCE** sombre qui ressemblait à un bol retourné. J'appuyai la patte dessus et aussitôt… le lion rugit :

– BOUGE DE LÀ, NIGAUD !

J'exultai :

– *Par mille petits fromages affinés*, un bouton : voilà le MÉCANISME qui fait parler le lion !

Si mes soupçons étaient fondés, j'allais trouver un PROJECTEUR quelque part, grâce auquel la gueule de

la STATUE semblait s'animer, donnant l'illusion qu'elle parlait… et aussi un haut-parleur émettant la voix du lion !

Je décidai donc d'ESCALADER la statue (*quelle frousse, mais c'était nécessaire !*), et mon COURAGE fut récompensé : à l'intérieur de sa gueule, je trouvai un haut-parleur miniature ! Il ne manquait plus que le projecteur… Je remarquai alors que l'un des dauphins de la fontaine d'en face ne crachait pas d'eau. Je m'approchai du bassin et je grimpai dedans (*je n'aurais jamais fait une chose pareille si je n'avais pas dû aider le professeur Ratting, c'était un cas de force* MAJEURE *!*). Une fois au milieu de l'eau (trempé *de la pointe de la queue à l'extrémité de mes moustaches !*), je constatai qu'un mini-projecteur avait été accroché au-dessus de la tête du dauphin, c'est ainsi que la gueule du lion paraissait bouger. J'avais vu juste ! De joie, je me mis à sautiller dans l'eau en chantonnant :

– Trallalala trallalalère, j'ai trouvé la clef du mystère !

Quand, soudain, une voix sévère s'éleva derrière moi :

– Encore vous ?!

Je me retournai : c'était le bobby qui m'avait verbalisé devant Buckingham Palace…

Il sortit son carnet et se mit à noter, en énumérant à voix haute :

– AMENDE pour trouble à l'ordre public ; AMENDE pour avoir grimpé dans la fontaine ; AMENDE pour avoir dansé dans le bassin ; AMENDE pour avoir désobéi à un policier de la ville de Londres…

Je soupirai. Impossible de tout lui expliquer, car je ne pouvais pas encore dévoiler le mystère !

Quand il fut parti, je revins à la mégamaxivalise de Traquenard pour mettre sur pied la deuxième phase de mon plan : CAPTURER LE MALFAITEUR !

J'enduisis l'intérieur de la poignée de la mégamaxivalise d'une peinture FLUORESCENTE (un effet spécial fantomatique employé par Traquenard pour effrayer le public).

Puis j'attachai un fil très fin et transparent (Traquenard s'en sert pour son numéro intitulé « L'ombre farceuse ») à son couvercle, après avoir versé dedans une fiole entière

de PUANTEUR DE PUTOIS et de la poudre à gratter effet PUCES affamées (que Traquenard utilise pour me faire des blagues diverses et variées !).

Après quoi, je me cachai derrière la fontaine…

À minuit pile, un rongeur traversa ***RAPIDEMENT*** la place et s'approcha, furtif, de la méga-maxivalise. Il était enveloppé dans une cape couleur croûte de **reblochon** (*que j'avais déjà vue, mais*

où ?), d'où dépassait un pantalon couleur MOZ-ZARELLA (*que j'avais déjà vu, mais où ?*). Il ouvrit la valise, la fouilla et s'exclama d'une voix PUISSANTE (*que j'avais déjà entendue quelque part...*) :

– Mais ce ne sont pas les joyaux de la Couronne, ce sont de FAUX bijoux !

Puis il s'écria :

– Et ça pue le putois !

Enfin, il se mit à se gratter furieusement.

Je TIRAI sur le fil, et le couvercle de la mégamaxivalise se referma d'un coup sur les pattes de ce gros malin, qui hurla :

– AÏÏÏEUUH !

Je m'élançai vers lui en criant :

– Stop ! Je te tiens, bandit !

Il s'enfuit en ÉTERNUANT, en se GRATTANT, et en laissant derrière lui une terrible PUANTEUR. Je le poursuivis, mais alors que j'allais l'attraper, je glissai sur le sol, car mes pattes étaient encore trempées…
Et c'est ainsi que le malfaiteur m'échappa !

LE PLUS GRAND ILLUSIONNISTE DU MONDE EST...

Je retournai au théâtre la queue entre les pattes. Ce bandit m'avait ÉCHAPPÉ, quel nigaud j'étais ! J'arrivai juste à temps pour voir le numéro de Traquenard « L'ombre farceuse ». Mon cousin monta sur scène et tendit le doigt vers une BOULE de cristal posée sur un guéridon. Deux rayons de lumière projetaient l'OMBRE de son doigt et celle de la boule sur le rideau du fond, de manière qu'elles semblent toutes proches.

– Amies rongeuses et amis rongeurs, commença Traquenard, je vais, sous vos yeux, DÉPLACER cette boule de cristal à la seule FORCE de mon ombre ! Je resterai ici, loin du guéridon, afin que ma PATTE ne puisse pas toucher la boule.

Vous avez tous bien vu ? Observez maintenant les ombres sur le rideau derrière moi. Comme vous le constatez, si la boule et moi sommes loin l'un de l'autre, l'ombre de ma patte est **très proche** de celle de la boule...
Dans la salle, le public murmura, **INTRIGUÉ**...

– Et maintenant, poursuivit mon cousin, regardez attentivement l'ombre de mon doigt.
Le public se concentra. Traquenard tendit le doigt, l'ombre de celui-ci toucha l'ombre de la boule et... incroyable ! La boule tomba du guéridon et roula au sol !
Tout le monde APPLAUDIT.
Sauf Mister Mystère, l'illusionniste au gilet parlant, qui réfléchit, avant de monter sur la scène.
– Mister Traquenard, tu as dévoilé mon TRUC, je vais à mon tour dévoiler le tien !
Sur ce, il éternua, et aussitôt se justifia :
– Excusez-moi, j'ai attrapé un vilain rhume...
Puis il se gratta furieusement une oreille et ajouta :
– Euh, et en plus on dirait que je fais de l'urticaire...
Surpris, je remarquai qu'il avait aussi le souffle court, comme s'il venait de COURIR...
Mais pourquoi ? Et d'où venait donc cette étrange PUANTEUR dans la salle ?
Il reprit :

– Je vais vous expliquer comment Mister Traquenard s'y est pris pour faire TOMBER cette boule de cristal : c'est tout simple, un truc de débutant ! Il a fixé un fil transparent à la boule avec du ruban adhésif, l'autre extrémité du fil était attachée à sa patte. Pendant que vous regardiez tous les ombres

Trucs pour tous

par Traquenard Stilton

Toi aussi, deviens illusionniste !
Voici un truc facile et amusant pour étonner ta famille et tes amis…
Benjamin et Pandora ont adoré ça !

Avant de commencer

Le secret de tous les trucs, c'est l'effet de surprise ! Un bon prestidigitateur sait habilement détourner l'attention du public avec ses mots comme avec ses gestes, qui doivent être rapides et naturels. La seule manière d'arriver à ce résultat, c'est la pratique… Il faudra donc t'exercer, devant un miroir par exemple ! Et rappelle-toi que tu dois persuader ton public que tu sais faire des choses… surnaturelles ! Alors fais-toi beau, trouve-toi une jolie cape sombre et, si tu peux, un chapeau haut de forme, comme un vrai magicien !

La télékinésie

COMMENT FAIRE BOUGER UNE BOULE DE PAPIER GRÂCE À LA FORCE DE TON ESPRIT !

MATÉRIEL :
- un petit objet métallique (un trombone, par exemple)
- un tee-shirt à manches longues
- un petit aimant
- une feuille de papier

1. Cache l'aimant dans ta manche, en le fixant avec du ruban adhésif.

2. Prends la feuille de papier et montre-la au public, recto et verso. Le trombone doit être pincé entre ton pouce et la feuille pour être caché aux yeux du public.

3. Roule la feuille en boule autour du trombone, en te débrouillant pour qu'il reste le plus près possible de la surface de la boule.

4. Pose la boule de papier sur la table, avec le trombone tourné vers le haut.

5. Passe lentement la main avec l'aimant au-dessus de la boule : elle se mettra à la suivre. Prends un air très concentré et tout le monde croira que tu fais bouger la boule de papier à la seule force de ton esprit !

sur le rideau, Mister Traquenard a **TIRÉ** sur le fil et la boule est tombée !

Après quoi, il se pencha et ramassa le **FIL** transparent qui pendait de la patte de Traquenard.

Tous les concurrents s'écrièrent :

– Mister Traquenard, **DISQUALIFIÉ** !

Le président du jury monta à son tour sur scène.

– Rongeuses et rongeurs, tous les trucs ayant été découverts, cette année, **personne** ne remporte le plus grand concours d'illusionnisme du monde !

Traquenard (*qui est mauvais perdant*) improvisa :

– Attendez ! La **FAMILLE STILTON** n'a pas dit son dernier mot ! Vous n'avez pas encore vu le numéro de mon cousin ! Demain, le grand Geronimo fera disparaître rien de moins que **la tour de Big Ben** ! Excusez du peu. Sans me vanter, c'est moi qui lui ai appris cette bagatelle.

Un lourd **SILENCE** tomba sur la salle. Toute l'assemblée me regarda bouche bée. Puis on se pressa autour de moi en me posant mille questions :

– C'est Traquenard qui t'a tout appris ? Tu sais combien pèse la tour ? Tu penses la SOULEVER tout seul ? Tu veux une pommade contre le mal de dos ?

Je voulus protester, mais Traquenard avait déjà organisé une conférence de presse (*au cours de laquelle il répéta qu'il m'avait tout appris !*).

Je compris alors qu'il n'y avait plus rien à faire. Mon cousin m'avait piégé : le lendemain matin, j'allais devoir faire DISPARAÎTRE Big Ben. Les moustaches VIBRANTES de stress, je m'enfermai à l'hôtel et je réfléchis à un moyen de réaliser ce tour, en gribouillant CROQUIS sur croquis…

Mais j'avais du mal à me concentrer. Je ne cessais de penser au lion parlant et à Mister Mystère : il y avait quelque chose de BIZARRE, de très trèès trèèès bizarre chez ce rongeur quand il était monté sur scène la seconde fois.

Pourquoi éternuait-il ? Pourquoi se grattait-il ? Pourquoi était-il essoufflé ? Se pouvait-il que ce soit lui le MYSTÈRIEUX rongeur que j'avais vu à Trafalgar Square ? Il me fallait d'autres PREUVES, des traces de peinture fluorescentes sur ses pattes, par exemple. Je marmonnai :

– Je pourrai peut-être vérifier ça demain, pendant mon numéro avec Big Ben... Mais il y a un **problème**... Je ne sais pas comment faire disparaître Big Ben !

Je ne suis pas un illusionniste ! Je suis tellement empotééééé !

Je pleurai toutes les **LARMES** de mon corps, avant de me dire que cela ne servait à rien et que je ferais mieux d'appeler quelqu'un à l'aide... Mais **QUI** ?

Je ne pouvais pas compter sur Traquenard : il était

trop occupé à donner des interviews et à répéter qu'il m'avait **TOUT** appris !
Alors je pris mon téléphone et j'appelai ma sœur Téa.

UNE PETITE CHOSE… ENFIN, PAS SI PETITE… PLUTÔT ÉNORME !

En composant le numéro de ma sœur Téa, qui est si brillante et si **COURAGEUSE**, je me rappelai qu'elle était toujours prête à me donner un coup de patte quand j'avais des ennuis !

– Allô, Téa ? C'est moi, Geronimo. J'ai un GROS SOUCI !

– Gros comment ?

– Gros comme… comme… Big Ben ! Traquenard a annoncé au monde entier que demain JE ferai DISPARAÎTRE la tour ! Tu comprends, petite sœur ? Je dois faire disparaître la tour de Big Ben ! Scouiiit, pauvre de moi ! J'en ai les moustaches qui s'emmêlent d'angoisse, je vais me couvrir de RIDICULE !

– Raperlipopette ! Ça, c'est un souci !

– Traquenard m'a piégé et puis… pendant mon… euh, numéro, j'espère capturer un malfaiteur… mais je ne peux pas t'en dire plus, c'est un secret !

– J'ai compris, frérot. Je saute dans le premier avion et j'arrive. Fais-moi confiance, je viens d'avoir une idée ASSOURISSANTE !

Je saluai Téa et je raccrochai. J'ignorai ce qu'elle avait en tête, mais j'étais rassuré : Téa s'en tire toujours, GARANTI AU FROMAGE ! Je pouvais enfin me remettre à réfléchir au mystère du lion parlant.

Il se faisait tard, mais je savais que le professeur Ratting attendait de mes nouvelles, alors je l'appelai.

– Professeur Ratting ? C'est Geronimo. J'ai compris le fonctionnement du lion parlant !

Je lui décrivis tout le MÉCANISME, puis j'ajoutai :

– Venez donc demain juste devant la tour de Big

Ben. J'exécuterai un petit numéro d'illusionnisme au cours duquel j'espère démasquer le MYSTÉRIEUX MALFAITEUR !

– Quel genre de numéro d'ILLUSIONNISME, si je puis me permettre de vous le demander, Mister Stilton ?

– Euh… je ferai disparaître… une petite chose… enfin, pas si petite… plutôt ÉNORME !

– Pardon ? Expliquez-vous !

– Eh bien… je… euh… ferai DISPARAÎTRE la tour (*en tout cas, j'essaierai*) !

– Mister Stilton ! s'écria le professeur Ratting, SCANDALISÉ. Vous exagérez !

J'entendis un bruit sourd à travers le combiné. Lady Ratting venait apparemment de s'évanouir !

Je me dépêchai de les rassurer :

– J'ai promis de la faire DISPARAÎTRE, mais seulement un petit moment… ensuite elle réapparaîtra (*enfin, j'espère !*).

Après quoi, j'allai me coucher, et toute la nuit je

fis d'horribles CAUCHEMARS : je rêvai du policier me poursuivant pour me donner tout un tas d'**AMENDES**, et je rêvai aussi du professeur Ratting me demandant, sévère : « Mister Stilton, avez-vous, oui ou non, résolu le **mystère** du lion qui parle ? »

Le lendemain matin, je fonçai jusqu'à une place, sur un quai de la **TAMISE**, juste en face de la tour, où mon numéro d'illusionnisme était censé avoir

lieu. Il me restait très peu de temps pour organiser quelque chose… mais quoi ?
En arrivant, je vis les museaux familiers de ma sœur Téa, de mon neveu Benjamin et de son amie Pandora, venus me faire une surprise…
Ils avaient fait dresser sur la place une grande estrade RONDE avec de nombreux sièges pour les spectateurs, une petite scène (*vraiment très étroite !*) et un grand rideau de velours (*vraiment immense !*).

– Salut, tonton Geronimo ! piailla Benjamin en courant à ma rencontre.

– Oncle Gééééé ! piaula Pandora en me sautant dessus.

– Alors, elle te plaît, la petite scène qu'on t'a préparée ?

Téa me fit un clin d'œil, avant de s'adresser au public qui attendait d'entrer :

– Bonjour à tous, je suis l'assistante du grand illusionniste Geronimo Stilton. Veuillez prendre place sur ces sièges.

Pendant que les spectateurs s'installaient, je montai sur la scène. Téa me mit dans la patte le CORDON doré qui pendait du rideau et me chuchota à l'oreille les dernières instructions :

– C'est TRÈS FACILE, Geronimo. Contente-toi de tirer trois fois sur ce cordon qui ouvre et qui ferme le rideau. Moi, je m'occupe du reste.

Puis elle s'adressa aux spectateurs :

– Chères rongeuses, chers rongeurs, le grand Geronimo va maintenant faire DISPA-RAÎTRE la tour de Big Ben…

Elle s'éclipsa alors, me laissant seul sur la scène !

Pâle comme une mozzarella, je bredouillai :

– Euh… bonjour à tous, ça va ? Je… euh… vais TIRER sur ce cordon et la tour disparaîtra (*enfin, j'espère, scouit !*).

Je tirai une première fois, le rideau s'ouvrit, mais le monument était toujours à sa place, entre les deux pans de velours rouge.

Aïe aïe aïe !
Big Ben est encore là !
Hi hi !
Ça sent le putois !

LE SECRET DE MISTER MYSTÈRE…

Rouge d'EMBARRAS, je bafouillai :

– Bon… je… je recommence… Et maintenant, je vais tirer sur ce cordon et…

Je tirai une deuxième fois sur le CORDON, mais la tour resta à sa place.

Le public me hua :

– HOUUUU ! Il est incapable de faire disparaître Big Ben !

Parmi les spectateurs, j'aperçus Mister Mystère, entouré de sièges vides, il se GRATTAIT sans cesser d'ÉTERNUER…

À présent, le public m'invectivait carrément :

– Magicien à la noix de coco ! Va te cacher ! Dégage !

Il fallait que cette tour disparaisse, et sans tarder !

Les moustaches TREMBLANTES de frousse, je fermai les yeux et je tirai le CORDON pour la troisième fois, prêt à subir huées et lancers de tomates… Au lieu de quoi, le silence se fit. Je rouvris les yeux : le public était bouche bée de SURPRISE… Lady Ratting s'était évanouie, et le professeur l'éventait avec un mouchoir ! Je me retournai, lentement, et je vis que…

LA TOUR AVAIT DISPARU !

Entre les deux pans de velours rouge, il n'y avait plus que le ciel bleu, vide ! Puis les spectateurs poussèrent des cris de stupeur :

– OOOH, LA TOUR A DISPARU !

Le président du jury me serra la patte et proclama :

– Le VAINQUEUR de la plus grande

compétition d'illusionnisme du monde est Geronimo Stilton !

– BRAVO, Gerominou ! cria Traquenard. Je savais bien que tu y arriverais ! Mais n'oublie pas que c'est MOI qui t'ai tout appris !

C'est alors qu'une voix s'éleva derrière moi :

– Vous êtes dans la MOUISE jusqu'au cou, souriceau ! Faire disparaître Big Ben !

Je me retournai : c'était le bobby habituel, qui

rédigeait déjà une **INTERMINABLE** série d'amendes, en secouant la tête !

Téa me chuchota à l'oreille :

– Vite, tire le cordon du rideau trois fois !

Je m'exécutai sans tarder et, comme par enchantement,

LA TOUR RÉAPPARUT !

Le public s'écria en chœur :

– Ooooooh !

Une patte s'abattit sur mon épaule. C'était le POLICIER.

– J'ignore comment vous avez fait pour la remettre à sa place, mais bon. Ne vous amusez plus à la faire DISPARAÎTRE, hein ?

Un illusionniste au premier rang me cria :

– Grand Geronimo, dis-nous comment tu as fait !

Mais je me contentai de SOURIRE.

– Un illusionniste digne de ce nom ne dévoile jamais ses secrets !

Quand les applaudissements se turent, je m'adressai à l'assistance :

– Chères rongeuses, chers rongeurs, je suis très HONORÉ d'avoir remporté ce concours. Je souhaite vous remercier, car c'est en y participant, et en assistant aux numéros des autres concurrents, que j'ai eu l'idée qui m'a permis de résoudre une affaire vraiment très mystérieuse !

J'entendis murmurer les spectateurs :

– Mais de quelle affaire mystérieuse parle-t-il ? Bah !

Je poursuivis :

– J'invite à présent Mister Mystère à me rejoindre sur la scène. Je voudrais serrer la patte de mon meilleur adversaire !

Le public murmura derechef :

– Pourquoi veut-il lui serrer la patte ? Allez savoir !

Flatté, Mister Mystère s'approcha de la scène en faisant pompeusement voltiger sa cape couleur croûte de reblochon.

Je m'exclamai :

– Mister Mystère, je vois que vous avez encore un RHUME et de l'urticaire ! Navré de me montrer indiscret, mais comment se fait-il que vous PUEZ une telle PUANTEUR de PUTOIS ?

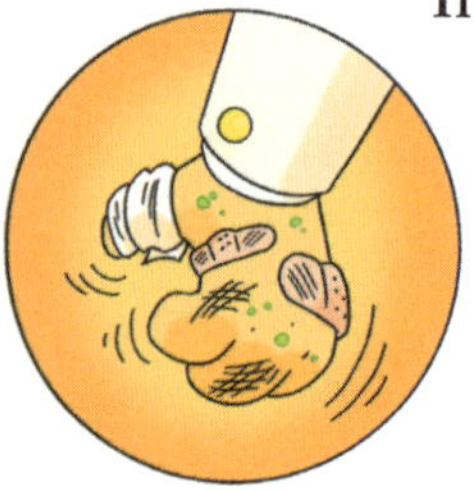

Il tenta de se justifier :

– Euh, en fait, Mister Stilton a raison… J'ai un rhume et de l'urticaire, et le putois qui vit dans mon jardin m'a pris pour cible !

Je m'écriai :

– Serrons-nous la patte, Mister Mystère !

Il me tendit la sienne, et je pus enfin l'examiner de près. Il avait des **PANSEMENTS** sur les doigts (*parce qu'il se les était coincés dans la méga-maxivalise !*) et sa paume était tachée de **VERT FLUORESCENT** (*par la peinture dont j'avais enduit la poignée de la mégamaxivalise*) !

Par mille mimolettes, j'avais mes preuves ! Le malfaiteur que je **CHERCHAIS**, c'était lui !

Je lançai donc :

– C'est toi qui as fait parler le lion de Trafalgar Square !

À ces mots, Mister Mystère, rapide comme la foudre, s'échappa et plongea dans la Tamise.

En me penchant, je le vis grimper sur un **hors-bord** et filer à toute allure ! Mais avant de disparaître au loin, il me cria :

– **ON N'EST PAS QUITTES, TOI ET MOI, ON SE REVERRA…**

Puis il arracha son masque et le jeta dans le fleuve. Je compris alors que… Mister Mystère n'était pas un *mister,* mais une *miss* ! Mister Mystère n'était autre qu'*Ombre* ! Je la connaissais bien, car ce n'était pas la première fois que nous nous croisions au cours d'aventures **MYSTÉRIEUSES**…

Tandis qu'elle s'éloignait, le vent m'apporta l'écho de ses paroles :

– … reverra… verra… raaa…

Ombre!
Tu me paieras ça!
Ombre
Ombre Rasmaussen est la plus célèbre voleuse de Sourisia. Elle est prête à tout pour amasser de l'argent et, par-dessus sa combinaison noire de cambrioleuse, elle revêt les déguisements les plus ingénieux : personne ne parvient jamais à la reconnaître!

MISSION ACCOMPLIE !

Sur ces entrefaites, la foule des spectateurs me porta en *TRIOMPHE* à travers les rues de Londres en criant :

– Vive Stilton, *Geronimo Stilton* ! Le grand Geronimo Stilton !

Quand ils me reposèrent enfin à terre, Téa, Benjamin et Pandora, fiers de moi, **COURURENT** m'embrasser ! Mais Traquenard, lui, resta à l'écart, le **STYLO** à la patte, concentré sur son carnet de l'illusionniste : allez savoir ce qu'il notait de si **IMPORTANT**…

Enfin, le professeur Ratting s'approcha.

– Merci, Mister Stilton ! Vous avez résolu le mystère du lion qui parle et sauvé les JOYAUX de la Couronne. Longue vie à la reine !

Sur ces mots, il me décora de la médaille du MÉRITE RATESQUE, notre plus haute distinction !

Puis il murmura :

– TOUTES MES FÉLICITATIONS, agent secret Zéro Zéro G, et aussi celles de votre ami Zéro Zéro K !

J'essuyai une larmichette. Eh oui, je suis une souris sentimentale…

Ainsi s'achevèrent ces… euh… **VACANCES**

(*disons plutôt : cette mission super secrète !*) au cœur de Londres, une ville pleine de charme, de mystères et de surprises ! Bref, une ville absolument fantasouristique !
Parole de Stilton, *Geronimo Stilton* !

Trucs pour tous

par Traquenard Stilton

Vous vous demandez tous COMMENT Geronimo a réussi à faire disparaître la tour de Big Ben (sauf qu'en réalité tout le mérite revient à sa sœur Téa !), mais un illusionniste digne de ce nom ne dévoile jamais ses trucs !

Sans me vanter, moi, je l'ai pigé tout seul (logique, puisque c'est moi le plus grand illusionniste du monde !).

VOICI COMMENT FONCTIONNE CE TRUC

Mais vous êtes les seuls à le savoir, n'allez pas raconter ça à tout le monde, c'est un secret !

TABLE DES MATIÈRES

- Plus bizarre qu'un gruyère sans trous... 7
- Oh là là, quelle honte... 12

- Qu'on me rende mon bout de fromage ! 20
- Microminivalise... et mégamaxivalise ! 28
- J'ai une de ces fringales... à manger Big Ben ! 38
- Tu parles de vacances !!! 48

- Face de reblochon, et puis non, tiens, face de bronze ! 58

- Le plus grand concours d'illusionnisme du monde 68
- Bouge de là, nigaud ! 78
- Le plus grand illusionniste du monde est... 86
- Une petite chose... enfin, pas si petite... plutôt énorme ! 96
- Le secret de Mister Mystère... 104
- Mission accomplie ! 113

DANS LA MÊME COLLECTION

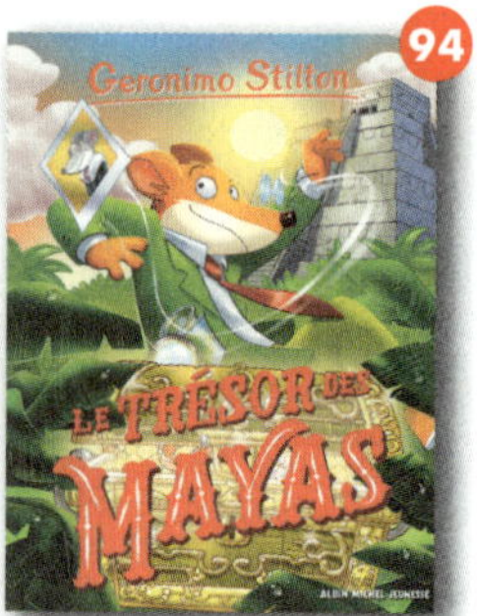

1 Le Sourire de Mona Sourisa
2 Le Galion des chats pirates
3 Un sorbet aux mouches pour monsieur le Comte
4 Le Mystérieux Manuscrit de Nostraratus
5 Un grand cappuccino pour Geronimo
6 Le Fantôme du métro
7 Mon nom est Stilton, Geronimo Stilton
8 Le Mystère de l'œil d'émeraude
9 Quatre Souris dans la Jungle-Noire
10 Bienvenue à Castel Radin
11 Bas les pattes, tête de reblochon !
13 Gare au yeti !
14 Le Mystère de la pyramide de fromage
15 Par mille mimolettes, j'ai gagné au Ratoloto !
18 Un week-end d'enfer pour Geronimo
20 Drôles de vacances pour Geronimo !
21 Un camping-car jaune fromage
22 Le Château de Moustimiaou
25 Le Temple du Rubis de feu
26 Le Championnat du monde de blagues
28 Champion de foot !
29 Le Mystérieux Voleur de fromage
30 Comment devenir une super souris en quatre jours et demi
33 Ouille, ouille, ouille… quelle trouille !
34 Le karaté, c'est pas pour les ratés !
35 L'Île au trésor fantôme
38 La Vallée des squelettes géants
39 Opération sauvetage
42 Mot de passe : Tiramisu
44 Le Secret de la momie
45 Qui a volé le diamant géant ?
49 Panique au Grand Hôtel
51 Neige en juillet, moustaches gelées !
52 Camping aux chutes du Niagara
53 Agent secret Zéro Zéro K
54 Le Secret du lac disparu
55 Kidnapping chez les Ténébrax !
56 Gare au calamar !
57 Le vélo, c'est pas pour les ramollos !
58 Expédition dans les collines Noires

60 La Nouvelle Star de Sourisia
61 Une pêche extraordinaire!
62 Jeu de piste à Venise
63 Piège au Parc des mystères
64 Scoops en série à Sourisia
65 Le Secret du karaté
66 Le Monstre du lac Lac
67 S.O.S. Souris en orbite!
68 Dépêche-toi, Cancoyote!
69 Geronimo, l'as du volant
70 Bons Baisers du Brésil
72 Sur la piste du Livre d'or
73 Alerte aux pustules bleues!
74 Faucon Rouge et poule mouillée
75 Adieu, maison chérie!
76 Opération panettone
77 Le Gang du chat géant
78 Le Mystère du rubis d'Orient
79 Finale de foot à Sourisia
80 Frousse dans la brousse!
81 Une souris à la mer!
82 Le Voleur de chocolat
83 La Nuit magique de Noël
84 Le Secret des patins d'argent
85 Joyeux anniversaire catastrophe!
86 Le Mystère du Papyrus noir
87 Le Gladiateur fantôme
88 Noël au pic du Putois
89 Le Mystère des sept matriochkas
90 Cambriolage à Madrid
91 Le Secret de Léonard de Vinci
92 Le Concours des super chefs
93 À la poursuite de l'Œil du Dragon
94 Le Trésor des Mayas
95 Mystère et Redingote
96 Une médaille d'or pour Geronimo

Et aussi…

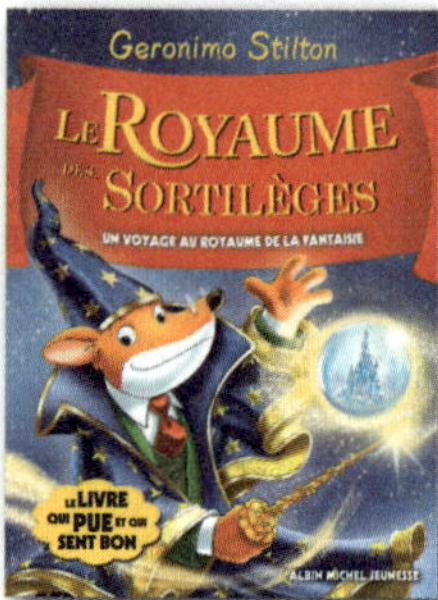

Le Voyage dans le temps tome I
Le Voyage dans le temps tome II
Le Voyage dans le temps tome III
Le Voyage dans le temps tome IV
Le Voyage dans le temps tome V
Le Voyage dans le temps tome VI
Le Voyage dans le temps tome VII
Le Grand Livre du Royaume de la Fantaisie
Le Royaume de la Fantaisie
Le Royaume du Bonheur
Le Royaume de la Magie
Le Royaume des Dragons
Le Royaume des Elfes
Le Royaume des Sirènes
Le Royaume des Rêves
Le Royaume de l'Horloge magique
Le Royaume des Sortilèges
Le Secret du courage
Énigme aux jeux Olympiques

Les Préhistos

1 Pas touche à la pierre à feu!
2 Alerte aux météorites sur Silexcity!
3 Des stalactites dans les moustaches!
4 Au trot, trottosaure!
5 Tremblements de rire à Silexcity
6 Un micmac préhistolympique!
7 Le Trésor de Piratrouk le Piraton
8 Peut-on adopter un bébé terriblosaure?
9 Écho du silex contre Radio-Ragot
10 Dans la lave jusqu'au cou!
11 Trottosaure contre huître géante
12 Poulposaure à bâbord!
13 Gare au gonfiosaure puant!

L'ÉCHO DU RONGEUR

1 Entrée
2 Imprimerie (où l'on imprime les livres et le journal)
3 Administration
4 Rédaction (où travaillent les rédacteurs, les maquettistes et les illustrateurs)
5 Bureau de Geronimo Stilton
6 Toit avec jardin biologique

1
2
3
4
5
6
7
8
9
10
11
12
13
14
15
16
17
18
19
20
21
22
23
24
25
26
27
28
29
30
31
32
33
34
35
36
37
38
39
40
41
42
43
44
45
46

SOURISIA, LA VILLE DES SOURIS

1 Zone industrielle de Sourisia
2 Usine de fromages
3 Aéroport
4 Télévision et radio
5 Marché aux fromages
6 Marché aux poissons
7 Hôtel de ville
8 Château de Snobinailles
9 Sept collines de Sourisia
10 Gare
11 Centre commercial
12 Cinéma
13 Gymnase
14 Salle de concerts
15 Place de la Pierre-qui-Chante
16 Théâtre Tortillon
17 Grand Hôtel
18 Hôpital
19 Jardin botanique
20 Bazar des Puces-qui-boitent
21 Maison de tante Toupie et de Benjamin
22 Musée d'Art moderne
23 Université et bibliothèque
24 La Gazette du rat
25 L'Écho du rongeur
26 Maison de Traquenard
27 Quartier de la mode
28 Restaurant du Fromage d'or
29 Centre pour la Protection de la mer et de l'environnement
30 Capitainerie du port
31 Stade
32 Terrain de golf
33 Piscine
34 Tennis
35 Parc d'attractions
36 Maison de Geronimo Stilton
37 Quartier des antiquaires
38 Librairie
39 Chantiers navals
40 Maison de Téa
41 Port
42 Phare
43 Statue de la Liberté
44 Bureau de Farfouin Scouit
45 Maison de Patty Spring
46 Maison de grand-père Honoré

ÎLE DES SOURIS

1 Grand Lac de glace
2 Pic de la Fourrure gelée
3 Pic du Tienvoiladéglaçons
4 Pic du Chteracontpacequilfaifroid
5 Sourikistan
6 Transourisie
7 Pic du Vampire
8 Volcan Souricifer
9 Lac de Soufre
10 Col du Chat Las
11 Pic du Putois
12 Forêt-Obscure
13 Vallée des Vampires vaniteux
14 Pic du Frisson
15 Col de la Ligne d'Ombre
16 Castel Radin
17 Parc national pour la défense de la nature
18 Las Ratayas Marinas
19 Forêt des Fossiles
20 Lac Lac
21 Lac Laclac
22 Lac Laclaclac
23 Roc Beaufort
24 Château de Moustimiaou
25 Vallée des Séquoias géants
26 Fontaine de Fondue
27 Marais sulfureux
28 Geyser
29 Vallée des Rats
30 Vallée Radégoûtante
31 Marais des Moustiques
32 Castel Comté
33 Désert du Souhara
34 Oasis du Chameau crachoteur
35 Pointe Cabochon
36 Jungle-Noire
37 Rio Mosquito
38 Port-Croûton
39 Port-Souris
40 Port-Relent
41 Port-Beurk
42 Roquefort
43 Sourisia
44 Galion des chats pirates

1
2
3
4
5
6
7
8
9
10
11
12
13
14
15
16
17
18
19
20
21
22
23
24
25
26
27
28
29
30
31
32
33
34
35
36
37
38
39
40
41
42
43
44

AU REVOIR, CHERS AMIS RONGEURS,
ET À BIENTÔT POUR DE NOUVELLES AVENTURES.
DES AVENTURES AU POIL,
PAROLE DE STILTON, DE...

Geronimo Stilton